笑喻集

刘光 / 著

四川文艺出版社

图书在版编目（CIP）数据

笑喻集 / 刘光著. — 2版. — 成都：四川文艺出
版社，2019.4
ISBN 978-7-5411-5358-7

Ⅰ.①笑… Ⅱ.①刘… Ⅲ.①中国文学－当代文学－
作品综合集 Ⅳ.①I217.2

中国版本图书馆CIP数据核字（2019）第047058号

XIAO YU JI
笑喻集

刘 光 著

责任编辑　朱 兰　蔡 曦
插　　图　王 磊
装帧设计　史小燕
责任校对　段 敏

出版发行　四川文艺出版社（成都市槐树街2号）
网　　址　www.scwys.com
电　　话　028-86259285（发行部）　028-86259303（编辑部）
传　　真　028-86259306

邮购地址　成都市槐树街2号四川文艺出版社邮购部　610031
印　　刷　三河市华东印刷有限公司
成品尺寸　140mm×208mm　　　　开　本　32开
印　　张　5.75　　　　　　　　字　数　100千
版　　次　2019年4月第二版　　　印　次　2021年4月第三次印刷
书　　号　ISBN 978-7-5411-5358-7
定　　价　36.00元

骨子里埋下一根筋，

做一回孩提时的梦。

编委：

王善春、谭宁君、杨金

目录

刘光，生于1965年10月，1989年毕业于重庆医科大学医学系，现就职于成都市新都区妇幼保健院。从小喜爱文学和画画并坚持至今，现为成都市民盟书画院画师，CETV水墨丹青书画院会员。文学是初出茅庐，青年时遍览群书，自藏各类文艺书籍万册，阅历弥足，感怀多多，故浅尝百味，执意成文百页，不拘小节，众生有影，趣写真情，诗词曲赋，文免成章，个中不足，贻笑大方。油画作品重创意，虚实相生，表现形式和内容丰富多彩。2014年油画作品《放学》《田园夕照》刊于《四川民盟》扉页，2015年油画作品《幸福之季》入编成都民盟七十周年纪念作品集，2016年4月作品入编国家艺术频道（全国书画名家展790期），2016年9月由四川美术出版社正式出版《刘光油画作品集》，2016年11月举办刘光油画作品展，雅昌艺术网、四川艺术网、四川新闻网、手机新浪网进行了相关报道，2018年元月作品入编《中国邮政》《中国国际集邮网》《中国大众文化学会书画艺术专业委员会》联合发行个性化邮票专集《不忘初心，继续前进》（艺术家卷）。

插图作者简介

　　王磊，1971年生于山东莱阳，毕业于烟台师范学院美术系。中国写意油画研究会会员，烟台市美协会员，油画学会会员。现任教于莱阳市第四中学。

流光溢彩妙笑喻，人生意趣方寸间

——序刘光先生《笑喻集》

谭宁君

　　不会吟诗作文的画家不是好医生。以这种前些年流行的句式来做这篇文章的开场白，实在太合适太准确不过了。因为，《笑喻集》作者刘光先生，就是一位喜欢吟诗作文精于绘画的好医生。

　　认识并逐步了解刘光先生，确实是一再刷新我对他的第一印象。我们都是民盟新都总支的盟员，但因为他在医卫支部，我在科技支部，交集并不多，只有在都参加总支大会时方可能见上一面。知道他重医毕业，做过短时间教师，现在是新都区妇幼保健院的医生，总是面带职业微笑，说话慢条斯理，鲜有情绪起伏。对医生，我素来是满怀敬重之情的，医者仁心，悬壶济世，救死扶伤，我自己还差点学医——"文革"后期初中毕业时，高中资源奇缺，没能收到高中入学通知，父母便托人找到县里最有名的一位老中医，经面试后同意收我为徒，遂背了两个月《中医汤头歌诀》《药性歌括四百味》，后来经初中班主任与父母共同努力争取，我还是上了高中，要不然我或许也可以是一个好医生呢。

认识刘光很久后的某天，他在微信群里广而告之说自己将在万科五龙山公园里举行画展，邀约大家"光临指导"，我当即一惊：画展？他还画画？怀着浓浓的好奇心前往，让我眼睛一亮，对绘画我是外行，但大概分类尚明白，知道他这属于油画，但我确实属于"我和我的小伙伴都惊呆了"！他的画明显是一种很有创新性的中西结合的画法，夸张、抽象、浓重、波诡云谲，仿佛画家心中有野兽跳到了画布上撒野，十分具有视觉冲击力，意蕴深厚，给人无限遐思。从那以后，刘光先生作为医生中的画家，让我对他多了很多关注。

前不久，在总支年度总结会上，他过来对我说："谭老师，我准备出一本书，想请你为我写个序。"我说："我对画可是外行哦，不过我倒是曾为一位国画家的画册写过一次序。"——我以为他要出画册。他说："不是画册，我要出本杂文集。"我当时脸上一定再次写满惊讶，不！是惊喜，我为我们新都民盟总支有这样一位一专多能、多才多艺的盟友而惊喜，于是痛痛快快地答应下来。

当他将自己的电子版文稿发给我后，我迫不及待地打开读将起来，又一次惊喜：这是一本个性独特的书稿，不仅每一段文字都配有一幅精美的素描，而文字真的是"杂文"——不过，此杂文非彼杂文，是很多体裁文本的杂集。

或一段段精短议论文，短到似哲思意林语丝格言。感悟思索，信马由缰，言简意赅，思考人生宗教文学艺术等等，如《渴望》《饮食随想》《笑侃武侠神功》《神侃佛与道》《笑侃俗与雅》《镜子玄说》《浅谈情感与死亡》《试论虚与实》《业精于智否》《秋意趣谈》《浅说庖丁解牛》《激情与禅悟》《檀木与杂草》《简约与简单》《梦想与飞越》《妙探民乐与乐器》《新都文化的启示》《关于文学与艺术的随感》《爱之理》《复古与履新》《酒与茶的联想》《欲望与孤独》《笑谈读书》。其中《爱之理》《复古与履新》，此二文为读书札记，在不多的篇幅中做了中西文化比较；《情之蜕变》《平衡随想》则属于话医生本行，类似科普小文；《绘画闲谈》《传统与现代艺术浅见》表达了自己画画的心得；《笑谈读书》从读书之形式演变引出对未来人们依赖科技"做事不用手，说话不张口，观物何须走，思考电脑有"而懒于读书懒于行动懒于思考的深深忧虑。这一部分是该书的重头，闪烁着作者思想的火花。

或一个个小故事，清新叙述，白描勾画，如《萌》《收藏趣事之集邮》《收藏趣事之小人书》《秋思寄情》《回乡偶得》《邮之趣》等。其中《萌》简叙自己爱上绘画的契机；《纺织断想》写自己从小看过《牛郎织女》《一幅壮锦》美丽而浪漫的神话故事，青年时又知晓了东汉有位贤女黄道婆发明了纺织技术，联系到家中有一套古老的柏木纺车和织布机，引出对祖母的回忆"印象中祖母每日都在劳动"，表达对祖母的思念与爱戴，而且道出自己学医的初心；《秋思寄情》触景生情回忆少儿时光，反思社会背景。

或一章章散文诗，有的恍如散文诗，如《色彩的眷恋》《朴素吟》《延伸》《芳草赋》《蓝色的梦》状物写景，描摹事物，礼赞生命，抒发对大自然的敬畏与热爱。

或一首首古风与自度曲，如《咏史》《春潮》《野花》《野荷》《仲夏情思》、题《蜀山秋色》、题《雪霁放枝》《晚秋述怀》《丙申晚秋感怀》《秋思》等，写得很古典，意趣十足。比如《春潮》："湖畔轻风起，春潮涌入堤，谁家生炊烟，散漫林屋里。"

再看《野荷》："村中莲塘靠山湾，乡民无暇歇塘边。风雨扫过飘香远，留童奔走笑开颜。他日花谢荷茎枯，采挖白藕摆素宴。雅赞莲荷泥不染，岂比百姓食为天。" 民以食为天，丰收在望的莲藕让留守儿童也闻香欢颜！而一首四言《野花》："满地芬芳，娇润溢香；绿波之上，随风送爽；蜂飞蝶舞，喜气洋洋；不争富贵，无名坦荡。"是不是有点像近来新媒体上唱得很火的清代袁枚的《苔花》？

还有的是短小游记如《丙申游夹江千佛岩》《重游桂湖感怀》。

稍加注意可以发现，书中有些文章还形成系列，如《喻之初》《喻次言》《喻之悟》三喻，《第一个梦》《第二个梦》《第三个梦》《梦亦缘》《寻梦童年》《蓝色的梦》六梦，《医问》《师问》《画问》《问百艺》四问等，有的环环紧扣，有的层层推进，前因与后果，辨证与关联，可以看出作者既联想丰富又逻辑严谨，体现了医生和艺术家的双面性。

写文章就像使用冷兵器，关公的大刀固然靠雄厚功底才舞得动，但解腕尖刀也是一寸短一寸险，同样靠功底甚至更靠功底才能运用自如。短文不好写，而刘光的这些短文字，方寸间饱含意蕴，尽展人生意趣，语言生动风趣很接地气，大多采用文言夹白，篇章结构上还常采用辞赋般的骈体，内容上又多次出现中西文化的比较、碰撞或融会贯通；感情亦丰沛，亲情友情爱情乡情均酣畅淋漓，引人共鸣，形成独有魅力，印证作者"青年时遍览群书，自藏各类文艺书籍万册"，饱读古今中外文学，因此功底扎实，学养深厚，方可引经据典，中外名著信手拈来。

诚如作者自己所言，个中不足难免。但笔者窃以为，一个优秀医生和业余画家写的文字：

总的来看：篇幅精短，文字精练，构思精巧，内容精彩；

总而言之：题材丰富，体裁多样，寓意深刻，精致丰满。

读此书，正如作者在结语中说：一集笑喻，百事可观。

2018.3.19 于香城新都香樟林昊云阁

谭宁君，男，知名诗人、作家。民企高管。四川省作协会员、中国诗歌学会会员，四川省散文学会常务理事兼新都分会会长、四川省诗词学会格律体新诗创研会常务副会长、成都市作协诗工委委员、新都区作协常务副主席。作品入选多种大型选集，曾获"第九届中国人口文化奖（小说）""首届天府文学奖（小说）""首届四川散文奖""清廉四川文艺工程优秀奖（诗歌）"及"诗圣杯""芳草杯""中华情""华语爱情诗大赛"等四十余奖项。出版诗集《梦想与土地之间》《守望乡愁》，散文集《月临西窗》，散文诗集《无悔之旅》及诗合集《阳光中绽放》《被香沐浴的土地》，小说合集《苍生厚土》等。

引子

与文友谈吹，本人四不像，医生不是博士（Doctor），教师不是教授（Professor），画者不是画家（Painter），作者不是作家（Writer），麻烦来了，二十余年医生，三年教师，六年画者，但骨子里想当作家。就从明朝冯梦龙所编《喻世明言》说起，《警世通言》和《醒世恒言》是没胆量说的，因为书名就很吓人，警世和醒世是谁的任务，至少我不敢。喻世篇中我对《蒋兴哥重会珍珠衫》《沈小霞相会出师表》《藤大尹鬼断家私》《金玉奴棒打薄情郎》《沈小官一鸟害七命》有点兴趣，就从喻世写起吧。

喻之初

　　史海迷茫，引之以鉴。文殊普贤，曲星灿灿。鬼谷子下山，孙膑斗庞涓，庄周梦蝶，老子出关，孔孟游说，墨翟科研，屈原离骚，竹林七贤，本纪列传，唯司马迁，李杜韩柳，唐宋主巅……观千载沧桑潮流，喻世间文明泛波。正是那：依卷难觅动情处，信手拈来皆为风，捕风捉影难自量，力欲从心已成翁。

喻次言

　　古今多少故事隐喻世间哲理，唯以空灵之心方窥世间玄妙，妲己掏比干心，比干不死，闻空心菜三字而亡，周文王演八卦传周易居功至伟，岂知八卦乃伏羲为尊，三国孔明造神极致，终归司马氏似愚实统，炀帝骂名千古，大运河永泽万世……思之至，茅塞顿开，明言喻世，自省自悟，劝世不自量力，己之愚顽，何格教人。

喻之悟

喻世不易，得先喻己，远古神农传《本草经》，兹因神农乃农民中的神仙。女娲补天又造人，兹因此女是来自仙女座一颗星能量耗尽前唯一一位以超光速的量子速度找到地球的外星仙女，来到地球太孤独而为之。伏羲创八卦，除了他是雷神之子，还因他大难不死，伏在葫芦上来到华胥国，这葫芦诸位说是不是8字形的瓜，看来这些远祖连名字都是先喻己的。冯梦龙也难以例外，梦中的龙提醒他编写这冤案昭雪、悲欢离合、男耕女织的人间故事，兰陵笑笑生更逗，连偷情的事都弄出个千古传奇——男临笑，笑生金，金瓶梅。

第一个梦

　　童年时每晚必跟爷爷睡，因村里只有爷爷一人穿灰色长衫，也不留胡须，乍暖还寒季的夜，梦见自己孤身走到一片无边无际的乱石滩，每走一步石块下都藏着小鬼，伸出手拉吾脚，毛骨悚然中想往天上飞，可脚始终被拉着，只能飞离地面一点点，内心气愤啊恐惧啊难以形容，觉得自己要死了，看不见爷爷奶奶了，就哭，哭得撕心裂肺，突然间醒来，全身是汗，还在哭，爷爷搂紧我说："梦见谁欺负你了，有爷爷呢，明天我用长烟竿打他。"现在想来，这噩梦还得怪那用谷草铺的床，凹凸不平的，谁在上面睡不做噩梦呢。

第二个梦

　　因从小喜看才子佳人风流故事，所以择偶标准落实下来，只找长得好看的，岂知漂亮女孩是香饽饽，要么妙龄即已被人掳去，要么曾经有故事，只能趁虚而入，入而不深，至使年过三十，失恋多次，仍只身孑影，是仲夏之夜，梦见自己只身爬山，远远望上去一位白衣红裙少女在山腰招手，粉嫩的鸭蛋脸微鬈的长发窈窕的身材，不正是两年前最后一次相恋的媛（真名隐去）么，遂热血上涌，没命地往上爬，到山腰直奔人影，敞胸张臂一搂，咋就没凹凸感，猛然间惊醒，文化衫都湿透了。现在想来，只因那晚天气太热罢了。不过此梦后一年不到，还真又恋爱了，虽然不比那媛长得漂亮。

第三个梦

平日喜食野山椒，秋冬季以此佐餐提神增味又暖身，父亲将之切碎和上玉米粉发酵数日，取出加点水，倒进铁锅加菜油炒，鲜香酸辣自不必说，于是连吃数日，牙就痛了，痛得食无味寝不安，当夜梦见满桌子的美味，夹上一块甜烧，入口感觉没用牙，囫囵吞下，再夹一块螃蟹，用力一嚼，满口刺痛，心里又气又悲，咋不到天命之年牙就掉光了，猛然惊醒，抿嘴叩叩，牙没掉，那个乐呀。可不到半年，牙还真拔了几颗，又过了两年，父亲也去世了。

梦亦缘

梦乃喻人之隐，盖人类意识世界以此谁不以为常，地球人类六十亿余，每人每晚梦十余，能记住者醒前一二，皆不以为然，不以为思，不以为鉴，兹因人之欲求急、求强、求超越于人，结果几乎无从己愿。以梦释怀非强意，《西游记》《红楼梦》《聊斋志异》尚不容于社会，娱乐于凡人，钻牛角于文人，大相径庭也。故求异于表达形式，十四、十五世纪意大利文艺复兴盛于神话内容形象表达，马萨乔、乔尔乔内、达·芬奇，米开朗基罗，拉斐尔诸君不以尽述，画风古典写实，内容宗教单调，毕竟进入复兴一波，从此刷新人类文字后形象表达文明符号高峰，波澜壮阔的形象艺术一发而不可收，滚滚向前。此时，唐风宋韵的中国古典绘画高峰已过去数百年，记住了，欧洲文艺复兴时值中国明朝。侃艺术史非本意，意乃有意实无意，无关实相关，明言而喻世，喻世则明言。

缘于自然

  阳光洒向地球，碳氢氧氮交融生变，化为生命万千，光能为植物转化以存，植物为动物所摄，动物从无智进化，劳动创造了人，进化史不过尔尔。劳动者思，为智者。智者思，为发明者。发明者思，为艺者。遂有礼乐射御书数六艺也。从殷周青铜器至东汉画像砖，造形之艺不可谓不美，实为硬物刻软物后锻烧而成。后人以笔墨纸砚，画布油彩表现，弄出龙飞凤舞，行云流水，五彩斑斓之画面，无可厚非，却笑古人艺愚，尚不自知材料之功，非己之艺化境矣。艺无止境，思者领先，妄自菲薄，每省自惭。

寻梦童年

二十世纪六七十年代，农村少年于田野山丘体味原始自然之清爽素淡，见食即甜，有衣即暖，娱乐得靠自己创造，纸做风筝，锯木雕地钻，削竹为篁，拼彩毛插毽，技高者能凿响哨，铁丝扭环更简，为改善饮食，弹弓打麻雀，日里蹚水田钻黄鳝，捉泥鳅，探螃蟹洞，爬树捣鸟窝取鸟蛋；夜里拍青蛙，捞虾摸鱼，有时饿得急，邻居树上的李子桃子杏也不时偷一把充饥，地里的花生黄瓜蕃茄也少不了偶尔去摘……至今思之，自己谋生了，生活也艺术了，似乎有点罪恶感难以挥尽，麻雀和青蛙现在可是保护动物，已然少见了，砍小柏树做地滚牛破坏植物资源，探螃蟹洞毁坏田埂漏水破坏农田水利建设，滚铁环耗钢材破坏工业平衡，众以为古，负罪进化，化之所欲，化之所持，今量子光子电子微子为宗之第三次工业革命其所想可达化境，难能否吾世纪原态之愚耶。

医问

　　古代医学甚趣，齐桓公依扁鹊，关公曹操赖华佗，百姓请草药郎中，能治则活，既死无怨，素心考问，谁能永生，天理昭昭，何来医闹。人有七情，喜怒哀乐悲恐惊。古有八刚，阴阳表里寒热虚实。六辨，风寒暑湿燥火，更皆五行生克金木水火土，凡人依规，为医力所能及，生灵安然，生活太平矣。至今思之，细胞学病原学遗传学基因学分子生物学，延长了生命，狭猛了人心，人心不古，社会生变，变得无理可喻，无公不私，无我不大，无真不假，无信可诚。体病不可怕，心病实可悲。历史与现代，愚昧与文明，谁能断古今。遂感述怀：由来俱一往，迷蒙理自非，喻心飘彩霞，云水伴惊雷。

师问

　　闲时听儿子玄吹，据上古神话，鸿钧老祖与女娲和伏羲同代，他有三徒曰元始天尊，通天教主及太白金星，同为盘古之化身，而盘古又先生于鸿钧老祖，与天地同岁，以后《山海经》偶有点滴，《封神演义》理清一点，可谓师生相融，生而师亦师为生矣。春秋战国老子为后世庄子师，孔子为后世孟子师，鬼谷子为孙子师，名师遍古今，故事传华夏，不以尽述。单述我祖父，生于清末，入私塾学于民国，活于共和国，幼时每受诫曰：师为尊，居高堂，学必躬，因求知。若懒惰，师必究，教鞭抽，罚跪站。无怨言，亲不怪，持以恒，成大才。每以思之祖父良言，独怆然而涕下。观今世子弟，坐享明窗华堂，幼教小教中教，子不受教，师无以言，师无以戒，师无以尊，师难能为师，兹因父不为父，母不为母，亲不为亲，皆失职也，终归于谁殇，谁祸，因果后见矣。遂以《华屋铭》为证：分无谓高，及格也行。学不在深，不学更灵。斯是教室，唯吾闲情。卡通翻得快，手机换得勤，寻思上网吧，琢磨打游戏。无父不给供养，无师戒之伤神。哈，独我为尊。——喻世否，明言否。

画问

　　画家，以形象语言表现自然、社会生活、历史变迁之思想者，自觉或不自觉地实现内心哲学文学之探索者，超脱世俗境界之梦想者，至美的丑恶的文明的愚昧的多维境界心灵塑造者，非具画画行为者即称画家也。长沙楚幕帛画，马王堆汉墓帛画，欧美中古时代洞穴壁画，古埃及法老墓内壁画，这些原始艺术之实行者是画家否，可他们却比画家更伟大，谓之原始艺术拓荒者。从东晋顾恺之《洛神赋图》至宋朝张择端《清明上河图》，中国古代绘画呈现以道以礼以义以智虚实相生表述大千世界文明发展之艺术史。西方则从欧洲中世纪教堂镶嵌画至意大利文艺复兴绘画艺术高峰，直至近代莫奈、凡·高、毕加索，呈现以宗教以征服以法制以个性之艺术发展史。近年中国油画写生风起云涌，美院毕业者，业余爱好者，无职无业者，一时兴趣者，随某团出游，

依景摆弄几次画布油彩，归来发一些无思无味之风景图，俨
然乐享画家之称谓，殊不知成家之难，难自思想，难自磨
炼，难于自知与服众，己之德行，己之学识，己之思维，己
之画技缺一不可也。每每自省，敢妄自称家，不自量力矣。
千里之行，始于足下，热爱为动力，钻研乃阶梯，祈盼岁月
修炼吾为至真之画家。

问百艺

凡·高等动物皆具视听嗅味触五觉，使艺术化唯自然精灵之人也，遂有书法绘画摄影音乐雕塑建筑园林服饰烹调百般演变，可谓欲之渴求乃文明发展之本源。为记自然与社会变迁，人类创造了文字（数字），以文字表达环境与渴求历程则催化出文学。吾之推理虽不假，仍有大空之嫌。不必说象形文、甲骨文、玛雅文，亦不必说《神农本草经》《山海经》《诗经》，更不必说《荷马史诗》，单是中国文字之演变，便有无限趣味，金文小篆大篆汉隶楷书行书草书，书法家们于此跳舞，文学家们于此苦吟，艺术家们在这里弹琴，弹出激荡的《高山流水》，醉人的《春江花月夜》，催泪的《胡茄十八拍》，迷人的《霓裳羽衣曲》，潇洒的《笑傲江湖曲》。博大的艺术原野，致人于思维奔逸，语无伦次，任想象之翅膀，飞越古今，飞越疆域，飞越未来。正是那：琴棋书画流千古，诗词歌赋日月颂，癫张醉怀二王书，吴带曹衣风水浓，李杜韩柳难自量，江河滚滚淘英雄，春芽秋果岁岁枯，碧空绿潭生生萌。

吾生于土

自二十世纪六十年代在土墙草屋生下，便落户于刘家柏林，村里三面环山，一面临水。六岁不到便通晓了这窝方圆五公里风景，单这些地名便难以忘怀，老鹰湖，老鹰窝，白头儿沟，尖山，横山，叫化子山，森基林，马家庙，黑水寺，堰坝子，穿山洞，麻子坪，袁家湾，何家沟，如数家珍，尚难言尽。虽不比长江长城黄山黄河，桂林山水西双版纳，五岳海南武陵源，香格里拉张家界，可如此诸多胜景只从图片电视见到，古今多述，无妄牵挂，自然以临境为实，我说了算。丁酉清明，自老鹰窝往西，一条小路蜿蜒三公里便至老鹰湖，路边旱地里油菜花谢露角，坡上爬满白花七里香，桃李也谢朵扬翠，偶见桐子花和不知名野草花。至湖边停车赏湖，徐徐清风水波不兴，青山叠翠，倒影如镜，投石激浪波光粼粼，惊散白鹅麻鸭一群游向湖岸，岸边一大堤，是大跃进时所建，以泄洪防涝，如今功泽子孙矣。继续往西两公里，便到刘家柏林了，父亲留下的两层楼小院掩映于竹林中，幼时植树造林的小柏秧，如今于屋后漫山成林。祭祖途经森基林，成排的无土石穴已为荆刺乱草所掩，当然叫化子山亦早不见了乞丐，尖山和横山似乎离家近了，也许是人长大了识物即缩短了距离。邻家几位大爷聚在袁家湾小路边晒太阳抽旱烟唠嗑，过去给他们每人发一支烟问安，答曰年龄居然皆八九不离十矣。可想此地空气水食物够环保乎，然之尚余祥和的心态矣。遗憾没能渡船去外婆居住的马家庙，幼时可是常去的，祈盼明年清明也该去给外婆上坟了。

缘结文史

知微信圈诸师友劳神费眼，每日审阅拙作，不胜感激，汗颜之至，今家妻训曰：你那文不古即土，字也打错，还梦想当作家。如雷贯耳，堆字成文难成章，秋水文章皆脱俗，既恋白雪，巴人何顾。君不见玄幻漫天，色情铺地，暴力现世，惊案掠人，乃当今小说之道，商业转换之途也。诗歌亦应时剧变，要么启华丽之门，要么开混沌潜意识之道，温婉含蓄悲壮热烈概然少见，更不必说雅致矣。余虽不才，若出玄幻，若出混沌，有违于心也。借鉴点滴，融于文采，亦无不可耶。弄文之先，窥南朝刘勰《文心雕龙》至明洪应明《菜根谭》之一二，文学美学自在其中也。异域以古希腊柏拉图《文艺对话录》，亚里士多德之《诗学》为引子，举世名著浩若星辰，自日本紫式部之《源氏物语》，意大利薄伽丘之《十日谈》，英国莎士比亚悲喜剧，直至现代哥伦比亚马尔克斯之《百年孤独》，其间巨匠闪烁于文史星空，唯后世之仰也。省身岂敢再弄小说耶，遂自限于杂文散文小诗亦足矣，作家亦难自封也。

丙申游春感怀

　　绿野朵黄，杨柳岸，轻烟缭缭。一泓春水，泛波浪，青萍摇，鲤鱼跃。少时景，今以骚。素颜轻妆，信步田园，客居哪家好。桃花未谢，李子已结，带雨梨叶似心号，鹅唱牛羊跑。观浮世，笑应繁华，爽奔天下，无妄心境俏。良辰思春，谷雨潇潇，行路拨枝条。择晴日，挚友相邀，攀峨山，金顶远眺，郁结散云霄。

邮之趣

集邮乃乐事，枚枚小纸片，不同面值图案，所涉内容包罗万象，随你说啥，皆可以寻。令人兴奋之审美，百科知识，难尽其详。自八十年代误入邮海，几多辛酸，几多受益，单文学，绘画，历史即令难以自拔，致主业难精，副业茂盛，可笑亦悲乎，悲极生乐也。国邮大全之梦几乎实现，若谈渊博则沧海一粟也。青年时对女裸外邮生趣，久之发现多为英联邦系及非洲小国所印花纸头也，遂焚之。欲网购苏法英意西班牙，荷美捷克匈牙利之世界名画邮票，致精致美呀，法国捷克梵蒂冈之雕刻版更令垂涎三尺，数钱，后者居然十几二十元每枚，苦囊中羞涩，幸偶遇二十年前邮商好友胖哥，带来一大本法国捷克六十年代以后雕版名画，每枚五元，遂狂吸数百枚，其一捷克版提香《阿波罗剥杀玛息阿》小版张，尚有西班牙版毕加索《帕尔尼卡》小型张，这可乐癫了，看来世界名画真邮亦快大成了，新邮再美亦不欲购，因之海量也，不过审美增知，选之精品亦何乐而不为哉。

笑谈读书

蛮荒之古，口说何以记，幸多野兽匿于林，龟蛇露于岸，聪明者捕之食而取骨，刻之成文以记，故有甲骨文。至春秋战国，诸子百家，先贤争鸣，削竹以书为简。至造纸术及活字印刷术问世，线装书即成，文人墨客，著书成林，仕途论考，历朝效行，公学私塾，书声琅琅，不问身世，文章既定。苦读书以头悬梁锥刺股，终衣锦靠铁杵成针。至吾辈，中国新，日看忆苦思甜，夜读煤油灯，见到小人书，自有颜如玉，更进黄金屋，妙趣横斜生。如今光电波，穿越时空界，做事不用手，说话不张口，观物何须走，思考电脑有。神往宇宙，形消黑洞。书惰以读，路难以行，言少以声，思不以心。如此观之，未来之象，人化为神，杞人忧天乎。久违矣，吾之读书时代。

色彩的眷恋

　　幽幽的，似无际无渊，浮华与光鲜，堕入无声的黯然，归位沉沉的永恒。偶有丝丝缕缕透过灰白的雾霭，如七仙女的衣带，冉冉飘过黑森林环绕的深潭，倒映出红橙黄绿青蓝紫，天边的风，无情地揉碎寂静的云彩。无名的野地黄花环绕朵朵紫罗兰，艳红而摇曳的美人蕉镶嵌在翠绿的旷野田园，伊人长裙白花点点。苍猿盘踞高山之巅，发出轰鸣大地的语言。蒙蒙地生生地虚幻，化出气象万千。哦，痴情而艳丽的彩虹，飘落在宁静的广阔的心田。

朴素吟

　　清风拂面，柔柔地挑开缕缕发丝，张开双臂，呼吸沁人的香甜，微笑浅尝的素淡。轻衣罗袖，步履翩翩。竹屋炊烟，蜜蜂飞过水潭，浅浅的绿波起伏的草地，蒲公英飘落的花瓣。角落的铁海棠吐蕊，蔷薇爬满围栏，弯弯的小水沟边，是那清冷绒绒的苔藓。不见牛羊遍地，鲜花满山，但存身心平安。楼兰古城的风凄寒，戈壁黄沙漫漫，敦煌洞窟森森，故宫豪华庄严，长白积雪皑皑，秦陵阴气弥散，卢沟晓月清辉，洛阳牡丹花艳……是风花雪月的追忆，何堪素人生活的坦然。

渴望

　　晨钟暮鼓，青瓦红墙，沉沉轰鸣，悠悠回荡，释迦牟尼，无声天降，鸟兽鱼龙，归依竞相，寒林青芒，宇宙洪荒，江河山川，佛光亮堂，灰衣僧尼，盘坐颂扬，众生普度，自悟自光。佛教传入华夏千年余，无论尚文尚武，为官为民，信则有之，不信则无，其内涵教义无谓深研，化解心魔，报应因果，顺化自然，万事解脱。民间崇菩萨胜于尊佛，观音文殊普贤众生慕拜，唯心灵之渴望，佛本无欲，教众无欲而有欲也。身处沙漠渴水，浮游苦海望岸，即为渴望。

萌

　　七十年代初，生产队来了两位知青，其中一位小个名"秋"，几分娃娃脸透着稚气，每天一收工，便背着个绿夹板，独自走到山坳，坐在土埂上，默默展开夹子，专注地往上描。听大人说他能用彩色画人像，画得活灵活现的，遂觉好神奇。某夏日的一天，放学后约小伙伴去探，他住在队里米面房旁一间青瓦土墙的小屋内，从门口瞧进去，果然摆放着好多幅人像，有爷爷、叔叔、阿姨样的像，也有几张风景的。看见门口有人偷瞧，便招呼道："小朋友，喜欢画画么？"我只点头，生生地不敢出声，那敬畏难以言表。他微笑着走过来摸摸我的头问："你叫啥？几岁了？叔叔给你画张像哈。"涩涩地应："我叫××，八岁了。"便任他牵进屋坐在小木凳上，轻轻安慰别乱动，画完后给糖吃。约不到半小时，像便画完了，果然拿到两颗水果糖，心里好滋润。看那画，圆圆的脸，绒绒的发，脖子上围着红领巾，才知我原来长那样。以后便偶尔来看他画。大约两三年后，不知哪天又去看他，小木门锁着，从门缝看进去啥也没有了，悻悻然回家，听大人说，秋叔叔考上美院回重庆了。心里顿怅惘若失，郁闷了几天。那以后便喜欢上画画，小学画红旗，画水果，老师常在班上表扬画得好，中学上生物课时画蝴蝶，被老师发现居然没被训，反而把画拿到讲台上说："好家伙，像标本。"遂与这画便更分不开了。高中毕业，考大学便报重庆的，是心里记挂着"秋"的缘故么，可在重庆五年也没觅到踪影。岁月悠悠，青涩年华已远，如今人到中年，业余画油画多了，受诸多朋友抬爱，还出版了画册，办了画展，多想"秋"也能看到哦！您还好吗我可爱可敬的叔叔我的"秋"叔叔！您至今已是白发老人了，可在我心里，您还是那娃娃脸的重庆崽儿……

延伸

芝麻大一黑点，跳跃于茫茫无际的白幕中

绒绒的纤毛，任日光透过，丝丝缠绕，悠悠地流浪，聚散依依

濛濛处，陨石雨划破宁静，扭曲的闪电线

一条条深褐木纹般斜斜地从角落蔓延，直抵中央

雪青铺满无序的网的缝隙，流露点点跳跃的金黄

于是斑驳的片片钴蓝散落，平息狂躁的节拍，奏出如水月华般轻音乐

橘红一抹，土黄掩青，童话仙子，神话幽灵，白衣绿裙不见，安徒生遁形

布衣追梦于犬牙交错的嶙峋石壁，渺小的黑点散落在森林草原高山大海，扭成问号似蝌蚪般游散

碧绿而湛蓝的波涛掀起层层浪花，浩浩荡荡向天际延伸……

饮食随想

柴米油盐酱醋茶，鱼虾花椒姜蒜葱，肉骨五香鲜蔬果，手勤心慧美味浓。不谈彼时无料，见食即香，单说今遍地美食，见之却腻。兹因苦尽而甘来，臭去方闻香。苦即辛苦，臭乃得生腥而懒于加工即食也。生鱼片生牛肉蘸料入口，求味觉刺激，岂知肉眼未见之活物已通肠入血，终而有恙；泡鸡脚卤肥肠抓起即嚼，岂知防腐剂色素盐已入肝脑，细胞突变。故劳而获，不劳而殃也。蜀人聪慧，辣椒乃川菜之灵魂，姜蒜葱乃佐料之精华，尚不忘料酒，花椒，芝麻，糖醋以配，除菜油精盐，此九种料乃益身防病之神品也。单不说麻辣鲜香，只辣椒素大蒜素黑色素维生素即防瘤延年，青春不减矣。当然选材另当别论，尤以红黄绿白黑为养身之佳品，一杯红酒，一盘花生黄豆，一杯绿茶（或绿豆，绿色鲜菜），一碗豆腐（或牛奶一杯），一碗黑米粥（或黑芝麻，核桃）共同构成现代健康保健最佳方案。故有心有劳方得所获。现代画者甚众，其实创作亦与此类乎。

笑侃武侠神功

不得不服当年武侠文坛三怪，谓金庸古龙梁羽生是也，玄吹之情节动人心魄令人神往，塑造之英雄豪杰纵横驰骋于滚滚沙场，历史尘埃中飞扬那恢宏的传奇画卷。英雄儿女情天恨海，郭靖黄蓉射大雕，杨过小龙女骑神雕飞翔，乔峰段誉驭天龙，张无忌赵敏倚天屠龙，令狐冲笑傲江湖，更有那降龙十八掌，乾坤大挪移，化骨绵掌一阳指，九阴九阳蛤蟆功，独孤九剑辟邪剑，雌雄鸳鸯剑，六脉神剑，北冥神功，吸星大法……有道是天外有天，人外有人，江湖浪涛，虎啸龙吟，呼风唤雨，功成归隐。多少读友如饥似渴，沉醉烟云，拍案惊奇，扼腕叹息。看今朝，少林棍，武当拳，青城太极峨眉剑，泰华恒嵩崆峒派，铁布衫，金钟罩，南拳北腿试比高。更有那隔山打牛，意念取物，瑜伽龟息之神功，邪乎？各门各派，终难敌燕子门和平门，逍遥派乐天派矣。嗟乎，沧海一声笑，滔滔钱江潮，草原马儿奔，林泉鸣飞鸟。

咏史

　　儿皇无力匡社稷，风吹黄巾尘沙扬；攫地掠土曹刘孙，三分天下世苍苍；枭雄出师大风歌，硝烟散尽创辉煌；建安七子耀汉赋，从此文士不流浪；植梦幽情恋洛神，孔融祢衡伤魏王；司马谋权归一统，乱世图治搅浑汤。避隐竹林思齐贤，河南山阳有嵇康，引来诸君话知己，共沐山高流水长，无为逍遥任戏言，围炉煮酒论老庄。瀑落深涧音荡荡，茂竹野丛草屋香，日夜相聚难相忘，豪饮放歌似癫狂。阮籍弄箫清泪淌，醉翻刘伶乃杜康，山涛呜咽又长啸，向秀作赋诵琅琅，王戎仗剑问苍天，阮咸拨弦声声唱。竹林荫荫演七贤，妙语惊论古流芳，平湖夜月天地合，美酒诗篇通天堂。

丙申游夹江千佛岩

　　暮春之气息尚未褪尽，应友之约，幸游夹江千佛岩。晨八时许，清风薄雾，和着野外植物的辛香，一路芍药蔷薇野玫瑰星星点点，笑语间已临青衣江畔，两岸峻岭叠翠，一江春水于大观山与依凤岗间蜿蜒东流，堪为青衣绝佳处。轻松步入聚贤街，近瞻明清雕花楼，讨买街沿鲜竹笋。不觉间已至千佛崖，青瓦飞檐红墙楼阁散落崖边林间，参天楠木香樟鳞次栉比，沿崎岖栈道蛇行，香风拂面，泉响叮咚，仰观千丈峭壁，俯瞰流水浪涛，绝壁间怪石嶙峋，佛龛星落棋布，千佛竞姿，万态生风，名士留字，红崖生辉。渐渐地双眼模糊了，仿佛崖壁上恍动着千百青衣工匠，隋唐汉子，劈山刻石，挥汗如雨，唱着悲壮的佛歌，阵阵狂风暴雨掠过，多少勇士坠落悬崖，青衣江水呜咽，承载千年民族魂，滔滔东流……壮哉！千佛岩。

镜子玄说

　　无影之形，形之萌发，之游移，之变幻，似光子，似电子，似磁场，似量子。古有张天师，照妖镜凌空悬，妖魔鬼怪无处隐，原形毕露，现美艳之身，性感之体，巨胖之躯，枯瘦之样，诱人之姿，如花之容，丑怪之颜，恐怖之貌，光怪陆离之万相。世间之丰富多彩，皆缘于此矣。遂有包拯海瑞狄仁杰横空出世，明镜高悬，昭雪冤案，万民拥戴，流芳百世也。思自非天师，凭何照别人？无镜不明自身，犹《皇帝的新装》，空留笑柄也。今网络世界，百花齐放，百家争鸣，似春秋诸子而过之，劝世之文，醒世之篇，警世之章，呈铺天盖地之势，以虚以实以真以伪，却不以自量，或愚弄或教化，却自知乎自明耶？伟大的镜子，无反光镜留以何配，无明镜留以何用，无自照镜何不碎之也。

芳草赋

泥土为母，非以红黄黑白

坚定地信赖，依依不舍

柔柔地汲取 ， 源源无尽

荣而枯，枯而荣，无喜 无悲 无言……

蓝天上飘过白云，似信使带来祥和，像化妆师点染素颜

坦荡地沐浴

庄严而神圣的洗礼

微风吹过

袅娜而柔韧之姿翩翩起舞

闪电划过

无名亦勃发出光辉与灿烂

雷声隆隆

只当热烈而浪漫的交响乐

暴雨倾盆

笑纳甘霖等闲渴饮

无论在原野在天涯

野火烧不尽

风暴掀不倒

生生不息

连天延海

笑傲沃土

芳草——芬芳的绿色精灵

你是大地的女儿

人间的天仙

不朽的繁星

爱之理

　　情欲之爱，唯私理也，欲求公理而谬判他人，实愚妄乎。世之奇情，以异而传，翁帆之于杨振宁，以崇慕；马克龙之于布瑞吉蒂，以情结；宋庆龄之于孙中山，以景仰；雅克琳之于毕加索，以服从；爱娃之于希特勒，以死随……不胜枚举。古今中外名著，异爱纷呈，司汤达《红与黑》凡夫于连·索黑尔之于德·瑞那乃妄为偷情，之于玛特儿乃胆大而爱；简·爱之于罗切斯特，以自爱而胜；雨果《巴黎圣母院》卡西莫多之于爱斯梅拉达，以苦难尚美；阿芒之于茶花女，以真情；安娜·卡列尼娜之于卡·列宁，以曲就；少年维特之烦恼于暗恋……家喻户晓之中国故事，爱之理于叛逆，于忠贞，于道义，于浪漫，于礼教，看董永与七仙女人神绝恋，牛郎与织女鹊桥相会，柳毅传书龙女牧羊巧恋妙合，纣王与妲己共醉楼台同浴火海，孟姜女寻夫哭断长城，唐玄宗与杨玉环长恨绵绵，刘兰芝与焦仲卿孔雀东南飞，梁山伯与祝英台生不同床死同穴，西门庆与潘金莲奸情恶恋，张生与崔莺莺西厢佳期长亭别，侯朝宗与李香君异志终碎桃花扇，贾宝玉与林黛玉竹马青梅，更有《聊斋》人鬼爱情说不完。呜呼，爱之理何在？

复古与履新

　　历史催生出多元时代，波及科学哲学及文学艺术，呈现异彩纷呈、眼花缭乱的社会人文表现。传统古典，现代异变，尚古求新，创新慕古，合宇宙节拍，泄人类之欲。科学从宇宙观至量子观，哲学从唯心论至唯物论，文学从记实至浪漫，艺术从古典至现代，像浩繁斑斓的星辰，似无限膨胀的气球，未见边际，未见因果，亦未见优劣，只见变幻的差异。正如苏格拉底比马克思，墨子比爱因斯坦，荷马比马尔克斯，达·芬奇比波洛克，顾恺之比齐白石，京剧川剧比《星球大战》，孰分高下？然之尚难谓丰富，领域间之渗透漫延，如基因转换重组突变，演化万千。山羊细胞加基因学博士等于克隆羊，狮身人面像加九尾狐等于玄幻动漫，道学加广义相对论等于神秘学，陶瓷工加杜尚等于名作小便池，蒙娜·丽莎加胡子等于雄激素作古，运载火箭加航天舱加光电子导航等于嫦娥探月，敦煌飞天加歌舞加京剧加交响乐展现一带一路……伟哉，多元的世界，精彩的人间。

情之蜕变

　　晶莹之蚕，倘佯于翠绿的桑叶，吃进之绿，化为乳白的皮和剔透的心，苦尝尽某一天，即吐丝作茧，自缚成蛹，无声无息了无牵挂的眠，春风轻轻吹，细雨绵绵洒，暖暖的阳光孵化，便羽化蝶变了，飘然飞舞起来。人间亦如此，懵懂年少时，每日放学便想与那位眉清目秀的一起回家，潜意识之依恋，看见一位优雅动人的异性被同性追逐，便有莫名嫉妒，弗洛伊德心理解析不无道理，柏拉图式的暗恋难能满足永恒之爱耶？成年了，荷尔蒙催化沉睡的爱情，欲望相思占有乃为本源，多少悲喜剧感天动地，是为青春岁月青涩至性之旅也。美丽新娘配上潘安才郎，莺莺燕燕共筑爱巢，彼此之欲芳华昭昭，曾几何时，情欲完了，苦乐与共是为友情，相濡以沫是为亲情，蜕变也，彼时他妻美丽她夫壮，兹因爱情唯新不唯旧，此时道德人伦难衰渎，兹因亲情高于爱情，友情胜过爱情，既冠冕堂皇，便随遇而安矣。

平衡随想

众皆不容置疑，星系运行构成宇宙平衡，行星绕日计年，月亮环地球计月，地球自转计日，乃宏观之时空平衡。地球之上阳光空气水土为生命出现之需大环境平衡，这些上帝便创造了动物植物微生物，物种之间亦相生相克，共同组成生命大家庭，即为生态平衡。人类作为生命一份子，与其他生物和睦相处则相益相生，反之则祸害无穷。请看可恶之病毒，它们有埃博拉、艾滋、非典、麻疹、流感、肝炎、狂犬病、出血热、乙脑、登革热及未发现者不胜枚举，其实不过自然界中随处存在的含DNA之蛋白质而已。再看讨厌之细菌，它们是炭疽、痢疾、结核、麻风、伤寒、流脑、百日咳、白喉、破伤风、猩红热、淋病、溶链、幽螺难以尽述，其质乃无处不在的细胞尔尔。诸鄙唯施虐于免疫功能缺陷之人类，人岂能灭绝之。既灭其一必新生另一，另一更威风亦无可知。当今科学进入钻牛角时代，岂知武器愈利，抵抗愈剧之理哉。平衡乃大统也，人既不能长生，又何惧死亡呢？因病施治，力所能及，终不愈身亡又有何憾，又有何愤不平耶？平衡——平无穷之变，衡宇宙不灭也。

小诗三首

春潮

湖畔轻风起，春潮涌入堤，谁家生炊烟，散漫林屋里。

野花

满地芬芳，娇润溢香，绿波之上，随风送爽；

蜂飞蝶舞，喜气洋洋，不争富贵，无名坦荡。

野荷

村中莲塘靠山湾，乡民无暇歇塘边，风雨扫过飘香远，留童奔走笑开颜；

他日花谢荷茎枯，采挖白藕摆素宴，雅赞莲荷泥不染，岂比百姓食为天。

仲夏情思（藏头诗）

丁眠星月隐，

酉唱晨曦现，

端沐屈子风，

午泛龙舟远；

心荡杨柳岸，

思量人间暖，

沉稳觅知己，

寂寥化云烟。

诗三首

题《蜀山秋色》

秋艳蜀山中，林屋朴无华，横斜乱枝生，五彩融烟霞。

乙未 秋游桂湖

升庵故居处，露冷霜华浓，秋夕思黄娥，几时能成翁。

题《雪霁放枝》

皑皑空山远，幽幽河谷深，漫天白雪飘，盖地凝玉城。
含笑北风里，舒展妆水晶，放枝映彩霞，宽跃松梅情。

欲望与孤独

　　今与新都数位尚文女士朋座而茶，探讨爱情走向孤独的迷惑。答案自然各悟其妙，哲学命题因时而异也。众所周知，皮之不存，毛之焉附，欲望即为皮，孤独乃毛乎。既为人类，定有欲望，兹因独具大脑皮层之语言思维中枢，萌发无穷之条件反射，孤独乃一感受，如无欲望，谈何孤独。爱情乃异性相吸，完成原始冲动而自然传续后代之过程，古今中外文学名著电影戏剧，无不讴歌永恒坚贞浪漫伟大缠绵哀怨的恋爱故事，可曾发现主人公皆为妙龄俊俏之男女，见过老翁老妪鸾凤相鸣者么？社会伦理之枷锁限众生走过潜意识——恋爱——友情——亲情之人生旅程，每一步皆有欲望而生之孤独，兹因新生之欲无法并存消失之欲及未来之欲也，哥伦比亚作家马尔克斯的《百年孤独》中找找答案吧，这是一部异常搅脑的小说，不想钻牛角最好弃之不阅也。多元时代，科学哲学不断被改写，量子纠缠已实验定论，阿尔法狗完胜人类顶尖围棋手，纳米科技亦将影响人类生命及世界观，尚有时空虫洞理论，以及什么宇宙黑洞暗物质等，无尽之欲望，能不产生无尽之孤独焉？欲望与孤独——直面短暂人生，笑对无限未来也。

酒与茶的联想

　　史载公元前七百余年杜康以高粱发酵制酒醪，故为酒圣，后世传衍酒神林立，神话以龙王、二郎神、酒仙童子、醉八仙腾云驾雾，历史以杜康、仪狄、葛仙、刘伶、李白、怀素、司马相如、张三丰诸君豪气干云；可叹矣，酒文化千载盛宴不尽，美诱聚惊世贵宾如潮，令世间琼浆玉液甘露灵水情何以堪。而公元七百余年陆羽遍尝春芽以《茶经》奉世尊为茶圣，从此佛道把盏，隐士闲客品茗，市井农商聚咽，西引丝绸之路，东飘日本茶道称尊。饮酒与品茶，无贵贱也。世间人来人往，红白喜事相邀，老友知己相逢，社交举事经商，畅所欲言避嫌，无酒不为席，无酒何激情，不饮心不诚也。无事闲淡防呆，聊天谈地侃海，避俗读书幽思，肺无茶何清 ，脑无茶何洗，坐无茶何雅，居无茶何静。酒与茶，皆世人之福也。

纺织断想

从小看过《牛郎织女》《一幅壮锦》美丽而浪漫的神话故事，青年时又知晓了东汉有位贤女黄道婆发明了纺织技术，故心中纺织的一切都那么美好。孩提时代，家中有一套古老的柏木纺车和织布机，是祖母的祖母陪嫁家具，印象中祖母每日都在劳动，仲秋时节，地里棉桃熟了，爆出棉花，采回家太阳下曝晒，除籽，用手搓成条，一手执棉条，一手摇纺车，纺出绵延不断丝丝纱线，挽成卷，后以纱卷和糯米放入大铁锅水煮两小时，捞出纱卷漂洗晒干即可用以织布了。织布机上，手牵脚踏，日复一日，挥汗如雨，织出一丈丈一匹匹洁白的土布，白布以青色或深蓝色染料加沸水煮而蜡染，染成色布用以裁衣裤，做布鞋，缝被套，祖母心太平，逢过年了，便将她所有辛劳的成果分给了儿媳和女儿们，自己只留下少许。从小饱受祖母伟大的爱，劳动的情，八十岁临终却不知何病，余遂立志学医，八十年代初便考进医学院，毕业时竟鬼使神差般被分配到纺织厂，恋爱亦风雨飘摇，学历职业美丑挑肥减瘦，而立之年后却终归一位心灵手巧的纺织女相伴成家。纺织，解不开的结，抒不完的情，赞不绝的生活。

变幻游说

　　同一物，因环境而变，幻化丰富多彩，奇形异象，视若无睹自消，详观细察则显，宇宙万物皆如此也。地球人以天文望远镜遥观银河星海，其轮廓因日夜四季而异，星象万千。大自然中水滤岩而泉，蒸发为汽，散漫为雾，聚滴而雨，寒袭而雪，热交而雹，附草而露，凝寒布霜，剧寒结冰，因气候环境相异而变。森林中昆虫拟态，自我保护色彩变幻，适者生存之理，而化茧成蝶乃其生命旅途之道矣。神话中孙悟空七十二变，二郎神多一变，是为道高一尺，魔高一丈，决谁之法术领先，各色妖怪应时而变，是为躲避打击之法门挑战。人间既如此，变幻应世界，美丑何堪忧，好坏自然断，自量有分寸，得道何成仙，一朝一夕过，不变应万变。

妙探民乐与乐器

　　鸟鸣声声脆，悦耳何须知，飞瀑落深涧，鸣泉涌清池，松风啸林野，浪涛拍岸时，自然为乐器，丝竹管弦齐。民乐以古琴为尊，西周流行，伯牙操琴，钟子期聆听，《高山流水》觅知音；战国古筝，调和归去来兮，弹拨《渔舟唱晚》；楚汉相争，项羽饮恨，《十面埋伏》琵琶声声；文姬归汉，黄沙漫漫，吹响《胡笳十八拍》；唐宫管弦，轻罗曼舞，共鸣《霓裳羽衣曲》；江南丝竹，游艇灯红，交响《春江花月夜》；云南唢呐，芦笙恋歌，悠扬《月光下的凤尾竹》；小提琴协奏，化蝶哀歌，缠绵《梁山伯与祝英台》；二胡独奏，月夜清泉，拉弦《二泉映月》，倾述阿炳悲凉人生。民乐与乐器，自然之子，华夏之魂也。

绘画闲谈

　　但凡人类，一眼即识美之物，无论自然风景，花朵美人，绘画工艺等，均以眼球视网膜感光，传至大脑皮层，激活内啡肽，产生神经兴奋和冲动。对美之渴求成了人们快乐和幸福之元素，故人类尚美，创造美，更能欣赏美。其中绘画作为最广泛审美之途径，只要兴趣浓厚，人皆可画，时间与财力限制皆不成问题也。简者依模描样，依彩涂形即可见美之一斑，故美院有素描、写生、色彩等课程，然之不充分，遂以笔触、肌理、线描、块面、光感、透视、设色、构成论相。诸般技法乃创作之基础，远不足矣，遂上升为艺术张力论，大道至简，本无可厚非，不求表象繁复，但求一笔张力无边，至使诸多学子深陷误区，弄巧成拙，以为简即存张，繁即无张，孰可知繁为丰富简为单纯，实应据画面表达而定，张力何以繁简论，形之本体神秘性或形以外的思维空间（想象力）难道不是张力么？创作认知度之考量也。认知度即为境界，何以达此，心灵也，以何充实之，源于自然、人生、生活之哲学，历经世故，熟记万象，师之造化，借之文学音乐及丰富多彩之民间艺术，潜移默化，突破创新，艺成必指日可待矣。

蓝色的梦

岁月的黄历一页页被多情的无情的风吹过

那些粉红的温馨与浪漫　融入澎湃的浪花

渐渐平息于蜿蜒无尽的朦胧海岸线

深切凝望远去的帆　载走曾经的诉不尽的故事

只留下无垠的空远　壮阔的湛蓝

泪水潮湿眼圈……清晨独上弧山，抬头白云蓝天，

远遥平沙落雁　月夜静坐海滩，遐想流星灿烂

何处是银河的边缘……渴望着徜徉平静的湖边

撩几把清水淡淡的蓝

看不倦丑小鸭变白天鹅

听不烦白雪公主的故事

春山鸟语夏夜蛙鸣　秋虫唧唧冬雪有声

人之中年情何以堪

白日里弥漫着蓝色的梦幻，总想着未来迷人的那天

试论虚与实

　　龙凤高尚，其质乃虚，蛇鸡低贱，其质乃实；天宫瑶池，极尽堂皇，虚无缥缈；园林村落，朴素自然，实在留连；神仙逍遥，无食能饱？文士呻吟，无衣能俏？武士威风，无敌能傲？人之慕虚，华而不实，盛名之下，其实难副。以名搏利，冠以大师，冕以中华，堂以大家，皇以国际，欺世盗名，终落贻笑。若为沙砾，白日下土，隐蔽水晶，暗夜里光。特之造化，立之行业，独之探索，行之人间。故无论职位，艺医厨工，技之精湛，产品说话，涵之丰富，品质内敛，本事评判，历久自显；不以他羡，何以己悲，心灵手巧，创作突破，不卑不亢，砥砺登巅。

重游桂湖感怀

巴蜀名山如云，古刹林立，幸居新都近二十载，千年宝光寺，数百载升庵桂湖，耳熟能详却愧未深意，文化沉淀宽厚深重，古之慕拜，今本土社稷循规守道，生生大隐于市，旅客少留，叹之可谓厚积薄发矣。不谈盛唐宝光重辉，只缘重游升庵桂湖，沫若题匾处，门可罗雀中老趋步，入门尽览天府第一荷，细雨轻风，绿叶田田，粉妆点点，荷塘月色郝然塘边，兹因朱自清名篇；塘边桂柳成荫，古亭长廊，错落有致，不输江南园林，遮日避月，清影婆娑，半壁古墙，秦砖汉瓦，名士留记；主人明状元杨慎偕妻黄峨，过客文士曾国藩、郭沫若、巴金、艾芜、胡风题词，艺留徐悲鸿、张大千、陈子庄墨宝，周恩来、董必武、朱德、冯玉祥题字，古石铭文，碑林森森，大家倾笔，千载永存。今人之尚，轻文重娱，乐游浅观，无睹内涵，实乃釜底抽薪，文化之虞也。

业精于智否

　　古希腊哲学家阿基米德言：给我一个支点，我能撬动地球。支点即为智点么，智点高悬探索之巅矣。这有达·芬奇言佐证，曰：理论是军官，实践为士兵。现代人拥有希腊时代没有的两种东西：香烟和小说。这是法国文学家迪博德的回答，智源古人之肩也。医生有格言：只有"名医"一词，医学便不成科学。医学乃无尽认识生命之智点，名医为无学之众所封矣。社会有一块土地，人在便有法律。律师难否认，人为智者，动物和草木即便有智亦不高，自然无人低智便没法律也。日本实业家有言：诙谐就是理念。机智幽默的语言乃智点，社交之利器，能不成业否？建筑师为何一致标榜建筑物是有生命的，运动员追求一切为了破纪录，摄影师为何在拭去镜头上的灰尘前必先拭去眼里的沙尘，音乐家为何问鸟儿声不懂好听吗，画家为何沉默以应看不懂涂抹的啥意思，为何二十世纪是记者的时代，他们即懂：狗咬人没什么了不起，人咬狗才能引起轰动。从业之智，业成于智否。二十一世纪，互联网笼罩世界，现代社会巨变，迎来伟大转折，电子计算机成了圣职人员，只不过是智点爆发产生一种衍生智点的工具矣。业精于智成于勤耶？

笑侃俗与雅

　　走过生活，见证世俗，细思古今，俚语显智。俗语云：天下没有不是之父母，是为子女孝亲，亲错无过，实则德行险恶，过在家教。又云：一个和尚挑水喝，两个和尚抬水喝，三个和尚无水喝，是为依赖畏亏，终至皆损，实则电脑一部，独用省事。三个臭皮匠，抵一个诸葛亮，是为加法思想，数字为大，实则妙法解难，独出心裁。靠山吃山，靠海吃海，是为安居乐业，借势为宝，实则坐吃山空，鱼去兴叹。好鸡不与狗斗，好男不与女斗，是为古轻女流，不屑与论，实则今女不弱，争则伤己。公说公有理，婆说婆有理，是为自认死理，纠纷难断，今为百家争鸣，真假闹心。当一天和尚撞一天钟，是为得过且过，过后再说，实则爱岗敬职，后怕失业。跑得了和尚跑不了庙，实为家产唯一，根基依靠，今为狡兔三窟，去一多二。好人被人欺，好马被人骑，是为教化为善，忍字当先，实则好人有好报，骏马自由跑。搬起石头砸自己脚，是为自作自受，实则玉石俱焚。好事不出门，恶事传千里，是为劝人为善，今乃反向炒作，名利有盼。种瓜得瓜，是为因果报应，道德领先，今为多劳多

得，不劳而获。酒逢知己千杯少，话不投机半句多，是为道
不同不相为谋，实为豪饮壮胆，不惧风险。天下如一家，四
海皆兄弟，是为侠义闯江湖，今为微信朋友遍世界。天有不
测风云，人有旦夕祸福，是为随遇而安，实则笑观风云，因
祸得福。巧妇难为无米之炊，是为好事难办，实则袖手旁
观。远水救不了近火，是为事出无奈，实则火上浇油。鲜花
插在牛粪上，是为不般配，实为更耀眼。瘦死骆驼比马大，
是为空架子，实则日落余晖，堕落余威。好汉不吃眼前亏，
是为省事度事，知难而退，实为留得青山在，改日再登门。
井水不犯河水，是为两不相干，实则暗渡陈仓。知人知面不
知心，是为人心叵测，实则人面桃花，无心插柳。月亮坝的
狗儿望光光，是为奢望，实则恋色起心。脱了裤儿打屁，是
为多余，实则出风头。红花得靠绿叶扶，是为相映生辉，实
则保护伞。多智多趣，俚语为记，人间百态，雅俗共举。

传统与现代艺术浅见

意识之碰撞，心灵之激荡，在物与欲临界处，表象与深沉交融，敌视与容纳游移于多元时代，品鉴艺术之美丑岂独以感官论。纵观古今，传统书圣王羲之，现代书怪日井上，文艺复兴拉斐尔，游走滴彩波洛克……时空变迁，新异辈出。艺术到底是什么？什么都是又什么都不是，是在于己心之悦自感艺美，不是在于己心之苦唯觉丑陋，先天慧根后天阅历，人皆各异。世纪浪潮源于经济与政治演变，压抑与郁闷是现代艺术家之神经敏感，表达于独特行为与技能，倾述物理学之力声热电光，施展万千化学变化，突变骨子里的顽固基因，展开想象的超现实翅膀，试图冲出肉眼看得见的宇宙。理性与感性纠结于艺术之头脑，媚俗与博雅抗争，谋生与清高权衡，随波逐流与特立独行抉择，阳光与阴霾交恶，可怜而又伟大的现代艺术之路坎坷漫漫，向正在行走的苦旅者敬礼，向传统的守护者致意。艺术之传统与现代，在无止无休永无衰减的弹性碰撞中升华。

秋意趣谈

　　黄绿泛泛为禾，红橙升腾为火，禾与火结为秋，地球植物由黄芽绿苗青叶，历经雨露阳光，汲取大地营养，化作红橙之果，自身造物之叶便由绿转黄变红，飘落归于泥，自然之因果也。秋艳，丰富之色彩，浪漫之情调，灿烂之宣言；秋实，成熟之象征，收获之信号，幸福之果也。秋声，石穴泉响，林间鸣蝉，昆虫唧唧，稻田蛙声；秋趣，月夜望天，星汉漫漫；登山望远，天际无边；湖边投石，涟漪圈圈；故友相聚，浓情暖暖；谈书论画，意兴绵绵；抚琴下棋，忘忧避烦，品茶饮酒，赛过神仙；衣着飘然，美食素淡，仙居道观，行路翩翩。众生之梦，和平之秋，中年之梦，健康之秋，山河之梦，繁荣之秋。吾独爱秋，语述无尽，乐奏不完，歌声无影，四季平安。

回眸少年时

　　骨子里埋下一根筋，做一回孩提时的梦。农村田园的儿子，稀泥和汗水，赤身淌沟渠；栖青瓦土墙，木板草房，带上一本小人书放牛羊；爬树掏鸟窝，放学弹麻雀；月夜铺凉席，托腮望星河，熊家婆的故事吓得哪敢夜游，土匪抢劫杀人的传说让你岂能出走，这便是童年的窝。六岁那一年，村里有小学，校舍是旧社会地主的小院，院内有石梯和平坝，堂屋前四根圆柱撑起雁形屋架，青瓦履顶，堂屋内几张木桌，几把竹椅，零乱摆上一些书，墙壁上挂着红旗和毛主席像，这便是校长和老师的办公室。院墙上红色印刷体的"好好学习，天天向上"。这八个字想来便是终身不忘努力读书的命根了。每周校园内有贫下中农指导，老师是不吭声的，只教毛主席语录或1+1=2，音乐课较多，每天歌声琅琅，毛主席和共产党好声不绝于耳，美术课一定要把红旗画好，铅笔勾个飘扬的形，再涂上红色，越艳越好。晚上偶尔有批斗会，戴上白色尖尖帽的旧地富分子，还有右派分子（听大人说是说话太随意的知识分子），由苦大仇深的贫农上台辱骂和揭露，后来又批林批孔批宋江了，作为红小兵，每次作文翻报纸抄批判文章，口诛笔伐当上战场，不过语文倒是越来越好了，以后上中学考大学还真考上了。这思绪绵绵的秋，缕缕情思牵挂，是中年的深沉，是浪漫的追思，是乡愁的宣泄，融化都市凝重的秋，拥抱灿烂的人生之季，原野清风吹送出一曲曲田园的歌。

哥们

　　洒脱自然，亲切互爱，叫声哥们你好！握手拥抱，寒暄诉离，道出友情无边。可曾记得，儿时放学，饥肠辘辘，你偷摘家院中无花果给我充饥，你奶奶油炸糍粑块不翼而飞，谁知入了我的肚肠；初中同桌的你，清纯可爱，痴想着摸摸你的小手，可一触即弹，红霞嗔怪；青春岁月，校园青涩，你的美丽暗自留恋，想着总有一天，小鸭化天鹅，娶你回家；世间沧桑，社会荡荡，可曾想起，那夜酒醉，你不嫌污物，背我到医院点滴；那年失恋，茶饭不思，你来陪我聊天，齐呼天涯何处无芳草；企业倒闭，全员下岗，工作没门，是你两肋插刀，无私帮我谋职立业；你在沿海打工，知我喜欢旅游，每年春节为我带回一双耐克，后来听说是冒险在外企顺手牵羊来的；那天冲突受欺，你拉来一车哥们扎起，吓退歹徒，化险为夷；不会忘记，那年相约峡谷漂流，船翻人溺，我没穿救生衣被水流冲到五百米外浅滩，回时听到声声呼唤，看到个个泪流满面；哥们，你是师，你是生，你是男，你是女，你是老，你是少，虽在天涯，在海角，在地球的每个角落生根开花结果，各自为父，各自为母，各自

为师，各学为生，师生化友，忘年交流，还是哥们；男女真
情，似水清清，恋化手足，欲照肝胆，无邪无畏，有难同
当，你好哥们!

树林与草丛

伟岸与柔弱，粗犷与细腻，于旱地沼泽，高山平野，蜀
的土，深埋的根，热情萌生着你无所不恋的尤物，勃勃地发
育，直到你蓦然回首……

晚秋述怀

　　曲续婉，千丝绊，一幽永倦；君心悦，欲说尘酣，几多风故再勉。放枝秋末寒冻，敢看云雀立巅，几世风雨洒心田，能不悟许笑觅宽。

丙申晚秋感怀

　　秋欲了，泛色也；水静风微，池蓝情红；君欲平，寻妙境，兹困于思，思之责；大千莫可脱，妇孺宜所依；泛舟于湖，步履入森，鱼跃浪花，鸟栖丛林，菊饮冷霜，枫映晚妆，色败实为丰色也……

中秋咏叹

　　西风凉，漫道秋黄，梦回少年未央。圆月夜，不自量，几多往事润心肠。丹桂飘香，芦花随风扬。游湖踏浪，船儿渺远方。

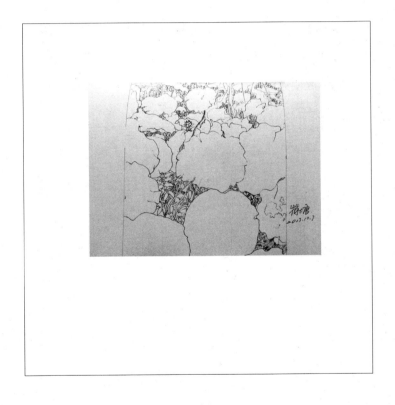

诉秋

　　秋林漫，青春不眠；思往事，辛愁万千，只缘人生苦难；今世间，独悠闲，教子敬亲，临水登山，笑看沧海桑田，哪得光明无限。

重阳衷曲

　　碧云黄叶，天地潇潇，古来君亲师道。岁又重阳，世间渺渺，沧桑催人敬老。一壶酒，一声问候，接迎父母，共欢厅堂相叨，哪得满屋欢笑。许心愿，默关念，祝天下老人安好！

潮

人生知味，
来去如潮，
出村入城，
离城回村，
少勤老闲，
终归家园，
潮涌潮落，
冷暖自知，
少欲少求，
自在安乐。

晴雨

一种境界，人从自然；

吐故纳新，气象万千；

初心不改，道法随变；

走出阴霾，异想晴岚；

回归自我，思畅路宽。

境遇

魂在山水，灵气无边；

人生于世，与境相连；

无声惊雷，矛盾互现；

克己度日，顺其自然。

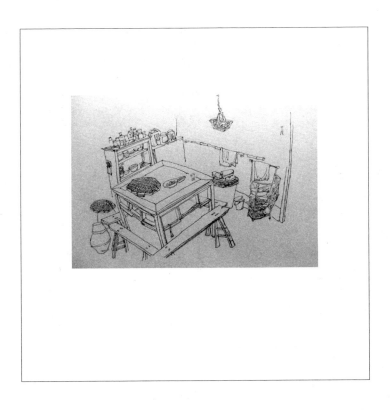

心境

风尘漫漫，

夕照无声，

江山蒙蒙，

崇若极峻，

唯爱唯美，

悦目赏心，

度浪踏波，

一方晚晴。

回乡偶得

　　漆黑的深秋夜，不见星月，儿时村中好友相约，提上手电，渔网，废轮胎制作的划艇，踩着田埂柔密的铁线草，合着路边昆虫唧唧，田野蛙声，来到老鹰湖边，渔网布在湖水溢满的收割不久的水稻田边，拉上一地银色的闪亮的希望，这是怎样的一种情愫，是孩童时的梦重现，是闰土们的身影跳跃，可这里着实没有鲁迅，也不想有鲁迅……

乡愁

白露即去，中秋情浓；

故乡之恋，山湾遗梦；

今我来思，芳华匆匆。

浅说庖丁解牛

先秦智者庄周云：吾生有涯，而知无涯。文惠君观布衣者庖丁解牛，恰如桑林之舞。一块物，人见外无视内，内足丰富也。丰乃满，富乃足。皆不足，细之无限，精则无边，为生与知之道也。吾艺愿足而未有学院深造之幸，经数十载思物睹物，心之所在，虽无授却了然自明，源于心身不离，耳濡目染，每静必思。艺乃大统，似星辰，晦明晦暗，远近之别也，物语无言，表现随缘，似道自法。每行画乱涂异色满幅，观自然势，流其中意，写心中情，诸色交融，形则天成。形色俱备，似无相却已有相，似无意却已有意。故造万物而多异，抒千情而别他。物之显，无意而为，情所现，刻意求之。生生地，静静地，难以名状，难以复制，兹因每时心灵之异，而非技熟而造矣。吾本无画技，故多画技也。特此感悟，寄予川音美院学者知己师友刘尜禹贤弟为吾画展点评庖丁解牛一词，铭记于心，借以鞭策，观萌动而后发，与众艺界师友共进。

秋思

宛转丘陵道，满目橘黄紫；

过桥闻水声，情牵小径石；

回乡瓦屋前，横斜布桑梓；

雨打梧桐叶，风吹白果时；

黄叶半零落，鸟巢悬丫枝；

乱草矮墙后，蚕虫结游丝；

拾梯登后山，村落炊烟起；

草坪布画架，涂抹一纸诗；

秋思几多情，云中雾里痴。

激情与禅悟

艺术创作源于内心，郁闷，压抑，痛苦与疯狂，辛酸，疲惫，消沉与妄想，穷困，潦倒，自悲与残暴，嫉妒，屈辱，泄欲与报复，构成人性的负能量深渊，导致万劫不复的境界，以油画表现出万千宗教故事，历史沉疴，揭示复杂多变的人文哲学情结，无论马萨乔，乔尔乔内，波提切利，抑或达·芬奇，米开朗基罗，拉斐尔，再则提香，勃鲁盖尔，丢勒，更加达利，毕加索，凡·高，不用说塞尚，米勒，雷诺阿，更不用说德加，劳特累克，莫奈，马奈，单情深至艺，如此多如雷贯耳大名已足以辉煌千载艺坛，他们是多情种，谱写出不朽的艺术篇章，归根结蒂是情与欲，激情源于历史，历史为人所创，悲壮的人生，造就伟大的艺术家，他们的经历，到无尽的网络浏览吧。

灌木与杂草

　　人间崇尚伟岸挺拔，自诩文明高雅，于是苍松翠柏，银杏杨桦，楠木香樟，青冈巨榕，冠以古树名木，耸入云天，遂赞誉不绝。灌木和杂草自是无人问津闲赏的了。认知取意，无可厚非。泛秋时节，回归大自然，满目金黄，非以乔木苍翠而秀，却以灌木及杂草之美，千姿万态，倾覆山地，散落沙漠，丛妆沼泽，无论热带雨林，温带森林，寒带丛林，刺玫，蔷薇，黄枒，马桑，麻柳，七里香，葛根藤，还有太多带刺和不带刺的无名灌木，一丛丛，一蓬蓬，细枝交错，纵斜参差，单根须接土，蜿蜒流盼，便有无限趣味。杂草恕难细说，从小识得铁线草，丝毛草，凤尾草，千里草，等等不一而足，原野清风，芦花飞舞，飘飘似雪，红叶铺草径，片片如火焰，高山草甸，牛羊似白云。满目五彩的季节，是放歌的岁月，属于灌木与杂草，吾独爱你的无名，你的平凡，你的亲切，你的自然，一生留恋你的丰富多彩。

简约与简单

艺术家们在追求简约，清朝八大山人（朱耷）的画让现代从艺者汗颜，现代齐白石亦如此，不过相比朱耷各有所长，八大意在博远之简，是气概，白石意在细微之简，是精妙。以此角度，西画当以达·芬奇为至尊，《蒙娜·丽莎》不过一人半身像罢，那微笑，那黄金分割体型是简约而不简单，康定斯基自由色块和流线，蒙德里安单色交织《红黄蓝》，波洛克乱线乱点，三个以内表现元素是为简单，其实艺术求简，是简约而不简单。很多画家说做减法才是难，没错，不是让你简单，而是要简约而不简单，初学者求形，博学者求意，是古典哲学，物决定意，意反制物，万千物象以己之阅历，归纳为意境，实繁杂而简，必先以繁，成气自简，从艺几年，欲以简蒙人，必不成气。多元化时代，创作自由，立宗成派是故步自封，作品若能流传，百年以后才见端倪。故以写生为乐，创作为乐，造化自然，容万千而归一，写独特而避俗，求简约而不简单，是为从艺者理想之境也。

梦想与飞越

　　梦想是人类潜在的欲望，于生活中渴求，于现实中渺茫，于梦境中常见，每个情感正常的人都会有梦想。儿时梦想长大当英雄豪杰，学生梦想考上大学留洋镀金，躁动的青春梦想娶一位如花似玉的淑女，多愁善感的她梦想成为女作家，活泼开朗的你梦想哪天是万人迷的歌星影星，审美好色者梦想未来是著名画家，爱钻牛角者梦想是科学家，神思别具一格者梦想成哲学家……这梦想是一种宝贵的价值存在，经历了人生才知道，并非大人都是豪杰，学生都上大学，妻子都是淑女，把陈芝麻烂谷子的往事写出来即为作家，唱唱卡拉ＯＫ弹弹吉他会跳街舞就是明星，每天用笔蘸上色往纸上弄几朵花，背个画架写几回生就是画家，采点标本放在显微镜下天天观看能成科学家，标新立异歪理邪说会是哲学家？非也。梦想之飞越，价值之实现，原来如但丁的神曲，如伊甸园的禁果，如达摩面壁，如老子出关，如孔夫子周游列国，如最后的审判。

收藏趣事之集邮

大约在1981年，是上高中那年，班上有位住在城镇，父母是教师的同学，带来一本小小集邮册到班上炫耀，看那一枚枚小纸片，的确精致好看，于是暗想，我也要集邮。1984年如愿考上大学，在重庆读书，机会就来了，可集邮要花钱的，每月父母给二十元生活费，学校给助学金每月十元，也要从中挤出点钱来，于是每到星期天，为节约四分钱公交车费，从袁家岗步行五公里到杨家坪集邮门市，从地摊上挑信销票，每枚四分钱，猴票要一元五，鸡票要五角，哪敢买，后来胆子大点，勒紧腰带买一些古典文学类新票如《红楼梦》《西厢记》和一些古典绘画题材邮票，几乎以面值买到，低值用来寄信，信中叫同学或好友收到后把邮票剪下来寄回，高值因无包裹可寄，最终就成了一套套鸳鸯票。1989年分配到企业医院工作，当医生自然受人待见，朋友就广泛，车间一技术工人集邮早，有多余的《红楼梦》和仕女图小型张，这两张在当时市场上已值七十元，他六十元分给我，只好节衣缩食当仁不让买下，要知道这两张现在市场值两千多元。2000年后，工资涨了不少，下决心集全所有新

156

中国邮票，就是不再买那猴票，八分钱一枚凭啥要卖一万多元。因讨厌这猴票，当初一个四方联卖了几万元用于房子按揭了事，没有了它眼不见心不烦，还是我的邮友，多出一枚信销带边的好品猴，高矮相送不要钱，只好请他喝酒了事，因确实嫌弃猴，2010年到成都冻青树邮市用它换了一套神话银币，当时都值六百多，可现在呢，这张带边信销好品猴值六千多，这套愚公移山精卫填海的神话银币值两千块，没吃亏吧哈哈，讨厌的猴票。

收藏趣事之集币

　　这得从孩提时代说起，那时农业社已允许家庭养猪，自留地的庄稼不够喂猪，父亲让我到地里捡野草藤，每斤奖励一分钱，年底居然上万斤，百元钱拿来，父亲说给我换新钱还发一元压岁钱，那时用的第三套人民币，几张大团结，几张煤碳工，还有绿车工等，看着舒服，母亲说小孩存钱易弄掉，交给爷爷保管吧，后来直到参加工作，居然每个品种都留了一张，其他的用来买连环画了。因工作后热衷集邮，常到成都冻青树市场，看到各种钱币成交火爆，一二套的牧马图，骆驼图数万元的天价哪敢染指，就挑流通纪念币吧，便宜又有意思，当时建行错币因发行量小且大号发到了银行职员手中，致使这枚一元币现价达四千元，所幸当时花五十元买了一枚。2006年春节前，想到市场买点小礼品，经济有限，只捡便宜，这次有老婆一路，看到千禧年龙钞好霸气又漂亮，问价面值一百要一百八，我不想买但老婆说买，并教育我说猴票咋样，越贵东西增值越快，的确如此，现在此币已值两千，流通纪念币在不经意间收齐了。此时看到市场上亮晶晶的银币，深入了解才知道除普通币钞，流通纪念币钞之外，中国银行每年发行多种法定金银币，金币非常贵，就有熊心豹子胆也不敢买，试试银币吧，当时八三八四八五熊猫三枚要一千五，太贵买不起，现在这三枚要三万了。就从八九年的熊猫开始集吧，每年一枚，每枚才八十元，这样一直集到2010年，二十二枚熊猫银币只花了二千二左右，可现在总值也近两万了。从二十世纪七十年代末至今几十年，中国银行已发行了各种规格金银币千余种，题材涉及文物古迹，历史人物，历史事件，体育花鸟动物，古典文学，绘画雕塑建筑园林，风景名胜，音乐戏剧等，集全一套保守估计得十数亿吧，我想这世上就没有一人集全的，这收藏还是随心所玩，随遇而安吧。

收藏趣事之小人书

二十世纪六七十年代，尚无电视电脑手机，电灯也只在城市有，人们的精神生活很单调，只有连环画，收音机和零星的坝坝电影，六岁那年上小学，同学从家里带来一本电影版的《窦娥冤》，繁体字哪认识，但未上学时就听过父亲讲这六月飞雪感天动地的故事，自然画面也令人入神，以后当小学老师的叔叔到镇上办事每每买些连环画回来，那《小号手》《小八路》《小马馆》《小英雄雨来》……故事荡气回肠，捧书爱不释手。1978年到老镇上初中，书店里有多种小人书，薄的八分钱最厚的至多两角，可住校每月家中给三元菜钱，米和红苕是从家中背到学校的，就从菜金中挤吧，每月买三斤豆瓣酱下饭才不到五毛钱，到1981年上高中时什么三国岳飞逐本出现在书店，每本都逃不出我的魔掌，大不了以炒盐下饭也要省钱买书，同学要借去看，那得约法三章，一当天还二不准污损三你得找一本来交换看哈哈，直到现在我的岳飞传和四大名著连环画套书崭新的且大部分是当时留存至今的。工作后的九十年代，旧书地摊上每每出现连环画，要价五角至一元，看到心仪的必不放过，2000年后，连环画收藏风起云涌，地摊难见，高价无求，品相好的，短腿缺本，达成百上千元一本，如是五六十年代的好品书可达万元一本几十万一套的都有。经济条件所限，跑遍成都周边市县乡镇角落，一直随遇收藏七八十年代的连环画，花钱不多，细水长流，至今总算收集了八千余种好品，内容涉及古典文学，世界名著，戏剧，名人，历史故事，电影，大开本获奖连环画等，单看五花八门的封面就得花一天时间看完，心里那个乐难以言表。

新都文化的启示

新都位于四川盆地成都北区，宝光寺史传建于东汉，佛教之圣殿，三国蜀将马超屯军于此，桂湖乃明状元明四家之杨慎故居，近现代抗日英雄王铭章，著名作家艾芜均生于此，历史文化底蕴不可谓不深厚。如此之城可贵否，任君品评。历史源远流长，继承不乏后生，文学科学艺术风起云涌，不理定不知，文化之殇矣。赞四川音乐学院，西南石油大学，成都医学院见史思齐，乔迁于此，实为新都之福也。君所盼，无所求，唯文化。大德所欲依文化，慧眼盼天地，天地依人为，人为看官欲，新都文化现状忧多喜少，不敢怪谁，怨政府无争，怪文化保守，鄙文人自封，盎盎新都有文无化之日久矣。现代经济社会，旅游是资本，文化乃精髓，施政重于商，轻文会无伤，智者细思量。文化内涵啥，文明是根本，文明乃人类之精神渴求，表现于文字，科学，文学，艺术，居新都十数年，渴饮新都文化，见识文人之痴，文人之弱，弱至无争无言，争无所争，言无所言，财困无谓，文无所展。美丽的新都，企盼文化，开辟展览馆，数万文人传播文化，文明之幸矣。你的文化经费无处发放，你的文明意识为上层建筑丢失，这层层摧残，结果永远是未来，未来是文明。

关于文学与艺术的随感

　　不论心里接受与否，信息网络时代已经来临，那种深闭锁闺，自美待嫁的年月，让多少优秀文人艺人无私奉献，郁郁而终。近年网络文章风起云涌，自分良莠，劝世篇，商机篇，营养篇，无病呻吟篇，无愁空感篇，见病施毒篇，虚吹麻醉篇……是为杂文散文自由诗，可知无经历少体验更少读书的作者们，码字再多也是虚空，部分有担当有阅历有古典文学根基者自会脱颖而出。星星点点，浪沙山河，七情六欲，弥散世间，网络小说自是翻江倒海，色情玄幻，侦破武打，神仙斗法，甜心弄骚，淑女琐事，男汉威风，本无非议，姑不论是否精彩动人，销魂摄魄，看码字堆句雅致么，斜事时空贴切否，开篇高潮结局贯通呢。网络文学成书，千锤百炼者才会留下一笔心灵的财富。绘画艺术亦如此，网络让我们见识了世界的、中国的古今画者，与医学、尖端科学等不一样的是，画画是审美加技术训练再加阅历和悟性的实践活动，不一定非进院校即不可成才，这就导致作品满天飞，名气遍地流，不论古典现代，写实写意，立方派印象派，野兽派达达派超现实派，行为装置艺术，表现主义观念艺术等，在中国进美协，入画院，这大师那名家，其中优劣终归作品说话，现代社会不论上网络平台、办画展、出个人画册或个性化邮票，都是展示作品的良好方式，少数人心生嫉妒，将这些新事物和相关画家贬得一无是处，纯粹作茧自缚，自寻烦恼而已，多想想自身是否把随手乱涂随地练笔写生之作当成杰作，只有以心灵感悟不懈创作，用美丽色彩，动人情景，或超脱传统，抽象延伸，画丑引思，冲击视觉，震荡心灵，艺术之路才会越走越宽，自身方能心安理得。

闲侃艺术之一

　　不用置疑，微信乃现代交流之最捷径，国内外艺术圈逢友相邀，不进不诚，勉为其宠愧入百圈，自知艺无根基，未学难深，权当滥竽充数，和鸣主弦，偶随声附和，多观之无言。无论写实写意，精品自垂涎三尺，多褒少贬，久之多思；横观艺界，纵观艺人，浊流清泪，竞相展现；冠冕堂皇，头衔院系，民间学徒，作品陈情；窃以为悲，思古莫若文艺复兴，难堪唐宋元明，顾今愧对法国印象，自惭宾鸿贯中。既从艺术，君尚古可否易题变构，情性感人，图思落泪，君崇今可否奇思异想，幻化引胜，贪梦恋新。终日一色一笔，色图无变，自诩风格，竭思图穷，自我安慰，不思进取，泉眼蒙尘，扫尽方显。故欲艺进，非造化非深思非胆魄难成矣。吾自知深浅，唯不歇前行，终有定论，亦无所谓定论，兹因以艺为必做之事足矣。

闲侃艺术之二

　　工作之余，必做之事还是创作，满脑子沉闷或遐想自由释放，实为减压。无厘头的图形色块蕴藏着巨大的想象空间，各观其妙，不啻为观念艺术架上油画表现，过程中昙花一现的美妙，难舍难分，但还得继续进行下去，破坏、调整、重构、分解，最终达到自己想要的意境。大道至简，并非唯简是道，否则随手拈来就是抽象还叫绘画么？以自身潜意识领会图形暗示，自然的文化的哲理，靠多年的生活阅历，知识沉淀，融会贯通后艺海拾贝，以庞大而深沉的艺术语言历经取舍，透过五彩的油墨，倾泻到画布表现出自身独特的艺术语境。这就是我在行走的艺术创作之路，砥砺前行而无畏无愧之路。

春之约

　　新世纪春的气息已然不同以往，古国文化诗文辞赋颂春描景，文人墨客留下多少浪情漫意，万千气象隐于宇宙洪流，光阴难返，岁月演变，人类科学改变了世界，地球原态唯美之春终成历史记忆。欲望堆砌了城市和工厂，制造了汽车飞机原子弹，创造了手机电脑机器人，还将克隆出怪兽和不死的仙人，仙人会乘核能飞船以光量子的速度飞出宇宙数亿光年的星球，去探寻保留原始之春的伊甸园，再无性繁殖万千物种……清代曹霑写红楼之春原应叹息，而今自然之春是否可歌可泣，不必说莺莺燕燕，翠翠红红，哪见了挥雪踏冰，蝌蚪鱼苗，风筝飘飘，青草牛羊，可闻了鸟鸣犬吠，鞭炮声声……但见那高楼林立，车水马龙，寂寥农家，窒息商家，喧哗酒家……这沉沉的春，迷失的春，烦躁的春。

艺术的炒作与闷温

　　缘于常在网络朋友圈发布新画作，有幸被拉入全国各地艺术群数十个，结识国内包括专业的业余的著名画家、普通爱好者诸君成百上千，他们中有书法、国画、水彩画、钢笔画、油画高手和练手，有古典写实、印象写意、现代抽象等表现主义和观念艺术。代表着中国当代艺术现实和艺术追求的社会现象，其中不乏个性独特的新表现主义和抽象主义，无论观奇妙，尝五味，品苦涩，思哲理，想非非，驰骋天上人间，潜入深渊黑暗，无不留连忘返，艺术的魔力引君入瓮。这是实实在在的探索，血汗凝聚的佳作，炒作只是展现，以作品说话，并非妄拟什么大师什么中国美协世界美协理事能以代之的。现代文人世界观偏颇，妄论什么十类九类人属炒作，艺术生命昙花一现，包括有实力办画展出版作品视为炒作，网络展示优秀作品还视为炒作，而一些作品无优，故步自封却怨天尤人者难道会艺术常青么？这是自己迂腐或嫉妒心理所致。想想一辈子追求艺术只能孤芳自赏，意淫闷温，留给子孙，死后追认不是炒作才算高尚么。作品亮出来说话，好就是好，孬就是孬，任人品鉴，寻趣求真，视野放开，心胸自宽，容人纳异，自思己短。才看得清何真何假，何美何丑，何善何恶。

笑喻集结语

一言一行，励志后代，尚古觅新，尊崇先贤；

谨行时空，性情朗朗，笑喻一集，亦多误判；

情之所至，百业思归，欲所依依，莫非涅槃；

春又归去，切盼秋至，夏炎多趣，寒冬至暖；

空有旧山，共水依然，朝云暮雨，月凝寒潭；

望日可叹，海洋尚浅，人生难寂，百岁了然；

惊风怯雨，自盖草屋，不世琅玕，渡波寻滩；

裸身不惧，笑迎风寒，气韵喷发，温暖无沾；

从道入佛，苦想觅思，自身在路，沙漠有甘；

心灵平淡，重归自然，造化平身，自强以盼；

光入黑洞，异色出暗，渺渺乾坤，心灵无边；

意识物质，量子纠缠，无信尚信，环宇无边；

一集笑喻，百事可观，欲望尚见，人生苦短。

满目五彩的季节，是放歌的岁月，

属于灌木与杂草，

吾独爱你的无名，你的平凡，你的亲切，你的自然，

一生留恋你的丰富多彩。